鈴木六林男の百句

高橋修宏

〈戦後〉を問い続ける

ふらんす堂

目次

鈴木六林男の百句

旱雲手紙は女よりきたり

『荒天』
一九四九年刊

1

第一句集『荒天』は、この一句から始まる。「旱雲」と「手紙」、そして「女」。三つの要素からなる小気味よいテンポのシンプルな構成であるが、この「女」については何も語られてはいない。すでに、語らないで語るという俳句独自の特性を、積極的に活用している作品。自らの第一句集の巻頭に置くからには、年若い作者の恋人か、それに近い存在であることをうかがわせる。この「女」をめぐっては、師である西東三鬼の影響もあろうが、何より「旱雲」が暗示する鬱屈した青春性が印象的だ。いったい「手紙」には、何が書いてあったのか。

蛇を知らぬ天才とゐて風の中

『荒天』
一九四九年刊

2

出征以前の作を収める「阿吽抄」より。「蛇」自体を描写するのではなく、「蛇を知らぬ天才」と書くことで、どこかモダンで斬新なイメージが立ち上がるようだ。しかし、その背後に泥沼化する日中戦争と銃後の体制を置いてみると、この一句に込められた重層化した句意が見えてくる。たとえば「蛇」とは、日常生活に忍びよる戦争の影、また「風の中」は、思想統制などが吹き荒れた当時の時代状況と受け取ることができよう。また「天才」という一語は、作者の単なる憧憬と言うよりも、そんな時代と隔絶した者たちへのアイロニーでもあろうか。

失語して石階にあり鳥渡る

『荒天』
一九四九年刊

3

「阿吽抄」より。「失語」、「石階」というS音の連なりにより、まず硬質で乾いたイメージが喚起される。しだいに長期化する戦争に伴い、銃後の生活も戦時色に覆われてゆき、言論や思想の世界においても閉塞した時代となっていった。まさに「失語」も「石階」も、自らの言葉を失っていかざるをえない表現者や知識人達の状況を表象するものであろう。「鳥渡る」の一語が、あえかな希望を感じさせるものの、昭和十五年（一九四〇年）には新興俳句弾圧事件が起こり、作者の投句していた〈京大俳句〉の会員が検挙され、雑誌も終刊させられていった。

長短の兵の痩身秋風裡

『荒天』
一九四九年刊

4

従軍俳句を収める「海のない地図　Ⅰ　大陸荒涼」より。昭和十五年（一九四〇年）四月、作者は現役兵として歩兵三七連隊第二機関銃中隊に入隊する。各地から召集され戦地である中国大陸に送られた戦友たちのポートレート。自作のノートには、〈垢面に髭がのび、眼だけが異様に光っていた。背の高いのや低いのが、同じようにに痩て立ち並んでいた。…〉と記している。それにしても、なぜ兵がみな「痩身」なのか。明らかに、食糧事情による栄養状態の劣悪さのせいであろう。戦闘による戦死者より餓死者の方が多いのだと、六林男は語っていた。

ねて見るは逃亡ありし天の川

『荒天』
一九四九年刊

5

「海のない地図　Ⅰ　大陸荒涼」より。自作ノートには、〈逃亡者はうまく逃げたであろうか。…残った戦友たちは逃亡兵の身を按じながら、重苦しい時間のなかで頭上の天の川を見ていた。銀河は澄みきった夜気のなかで美しかった…〉と、記されている。作者自らは逃亡しなかったにも拘らず、しきりに逃亡した者たちに心を寄せていた。この一句には、天皇の赤子として聖戦思想に殉ずることとは無縁な、ひとりの人間としての内面が晒されている。その当時、盛んに賞揚された聖戦俳句と名告るものとの隔たりを鮮明にした、戦場俳句のひとつ。

会ひ別る占領都市の夜の霰

『荒天』
一九四九年刊

6

「海のない地図　I　大陸荒涼」より。詞書に「南京にて佐藤鬼房にはじめて会ふ」とある。病のため六林男は一人遅れて、漢口から上海に向かう輸送船に乗るが、南京で脱出。かつて自らの俳句を褒めてくれた佐藤鬼房を、光華門外に訪ねる。二人は何も語ることもなく、二時間ほどで別れたと言う。当時の彼らにとって、どれほど俳句が掛替えのないものであったかを語るエピソードだ。鬼房は〈会ひ別れ霙の闇の跫音追ふ〉と記した。六林男の「霰」と鬼房の「霙」――。各々の資質と相異を認めながら、二人は終生の盟友でありライバルとなる。

遺品あり岩波文庫「阿部一族」

『荒天』
一九四九年刊

7

「海のない地図　Ⅱ　海のない地図」より。この章の作は、太平洋戦争で最も苛酷と言われたフィリピンのバターン・コレヒドール戦の体験が背景にある。亡くなった戦友の遺品であった岩波文庫『阿部一族』。森鷗外による歴史小説は、江戸時代に主君への殉死が許されず、それでも己れの意地を貫き、反抗して死を選んだ阿部一族の悲劇を描いた作品。この『阿部一族』が過去の話ではなく、目の前の戦争を深く懐疑しつつ亡くなった戦友の想いとして、作者の胸中にも突き刺さってくる。ときに読者を選ぶような、重層的な語りを秘めた一句だ。

16 − 17

をかしいから笑ふよ風の歩兵達

『荒天』
一九四九年刊

8

「海のない地図　Ⅱ　海のない地図」より。自作ノートには、〈悲壮と諧謔は背なかあわせであった。…その最も悲しい性格の歩兵が、何がおかしいのか〈笑ふ〉のである。〉と記されている。それにしても、なぜ「をかしいから笑ふ」という当り前のことが、記されなければならなかったのか。きっと極限的な戦場に置かれるとは、「笑ふ」という人間として本来在るはずの生への能動性が、悉く奪われてしまうことなのであろう。ほんの束の間の笑いがやむと、また風の中を歩兵達は黙って歩むしかないのだ。ただ、その先にある死へと向かって――。

射たれたりおれに見られておれの骨

『荒天』
一九四九年刊

9

「海のない地図　Ⅱ　海のない地図」より。戦場俳句の終盤の、「負傷」と詞書のある中の一句。ここには、すでに戦場をめぐる具体的な情景描写はない。ただ「おれの骨」と、それを見ている「おれ」の眼差しだけが切り取られている。ひとりの主体であるはずの「おれ」が、〈見るもの〉と〈見られるもの〉に分身化し、いわば解離に晒されている。まさに、凄絶なシーンだ。後々まで、〈骨は白かった〉と語り続ける六林男。戦場体験は作者の身心に深い傷をとどめたまま、ここから執拗とも言える戦争への問いと生きることへのこだわりが始まる。

生き残るのそりと跳びし馬の舌

『荒天』
一九四九年刊

10

敗戦後の作を収める「深夜の手」より。当時のことを〈一九四五年夏、日本が敗れて戦争は終った。国民一人一人が、敗戦国民・被占領国民として衣食住の欠乏に遭遇した。〉（「『荒天』上梓のころ」）と作者は記す。何よりも戦地からの帰還は、「生き残る」との想いが痛切であったはずだ。だが、生き延びた喜びや解放感ばかりではなかった。すでに軍用ではなくなった馬が、のそりと跳ぶときに舌を見せた。その生々しい舌と気怠い動きの中に、六林男は生き残った己れの虚脱感を重ね合わせているのではないか。生き延びた切ない想いをひそめて——。

牡丹雪地に近づきて迅く落つ

『荒天』
一九四九年刊

「深夜の手」より。当時の社会状況などを背景とした硬質な俳句と並行して、作者には自然の情景を観照した審美的と呼びうる作品の系譜がある。この一句と同時期には〈風の日の牡丹を切つて暗きに置く〉の叙情句も。モノトーンの空から、とめどなく舞い降りてくる雪の片。地表近くになって純白に輝きながら、あっけなく視野から消えてゆく。それを作者は、「地に近づきて迅く落つ」と感じたのだ。かつて六林男は、〈俳句は考えたことではなく、感じたことを書くもの〉と語っていたが、この一句は、まさに、その鮮明な実践ではないだろうか。

かなしきかな性病院の煙突《けむりだし》

『荒天』
一九四九年刊

「深夜の手」より。いきなり上五で直接、読者の感情を喚起するような書き方は、その後も六林男の特徴的な文体のひとつとなってゆく。敗戦後、占領軍から始まり、さらに一般にまでも性病が爆発的に蔓延し猖獗を極めていた。作者の眼差しは、そんな背景から生まれた性病院の「煙突《けむりだし》」に絞りこまれる。おそらく、その「煙突《けむりだし》」からは、患者達の食事を用意する煙が、さらに罹患した着衣や医療用の廃棄物なども煙となっていったのだろう。「煙突《けむりだし》」は、性病院にいる者達の生理を象徴するもの。六林男は、愛しささえ込めて「かなしきかな」と記す。

深山に蕨とりつつ亡びるか

『荒天』
一九四九年刊

13

「深夜の手」より。戦争から帰還し、生き残った安堵と虚脱感を抱えながら、「蕨」を採るために深い山奥へと入ってゆく。〈蕨狩〉という仲春の季語は、桜狩や潮干狩のように季節を愉しむ行楽の意味合いを含むが、この一句は決して行楽ではない。むしろ、敗戦後の食糧難を何とか補うため、いわば日々の生活のために「蕨」を摘んでいるのだ。かつて武器を握った己れの手が、いま食べるための「蕨」を一本一本摘んでゆく。そんなとき、ふと〈このまま自分は亡びるのか〉という想いが、〈いや…〉という反語を秘めて胸中に去来したのではないか。

議決す馬を貨車より降さんと

『谷間の旗』
一九五五年刊

14

「遠き背後」より。この句の背景については、昭和二十四年（一九四九年）、新たな登録制度のもとで牛馬などを商う者が一気に増加したことがある。古来、牛馬を商う者は〈博労〉と呼ばれ一定の専門性を備えていたが、戦後に増えた者達には素人が多く、ただ困窮した生活のため、日々の方便《たつき》のひとつとして選んでいたと言われる。この一句は、「馬」が売れたシーンか。それとも重量オーバーなのか。この上五の読みについては〈ぎ・けっす〉と〈ぎ〉を強調した方が、いま「貨車」から「馬」を降そうとする集団の緊迫感にふさわしいのではないか。

僕ですか死因調査解剖機関監察医

『谷間の旗』
一九五五年刊

15

「遠き背後」より。まず、漢字十一字に及ぶ異様な職名に驚かされる。また上五の「僕ですか」には、おそらく作者の軍隊での体験も投影されているのだろう。一兵卒の立場を擬しながら、どこか惚けているようであり、六林男らしい露悪的なユーモアさえ漂わせている。この一句のモデルは、占領軍から委嘱された従兄弟のYとされるが、そのような事実を突き抜けて、戦後という時代に対する批評性を一句は手に入れている。それは、職業や役割で判断されてゆく戦後社会の戯画化であり、グロテスクな死体と化した日本の国体に対するアイロニーだ。

暗闇の眼玉濡さず泳ぐなり

『谷間の旗』
一九五五年刊

16

「遠き背後」より。何よりも「眼玉」のみがクローズアップされた印象的な一句。その背景として、六林男の戦場体験や戦後の混乱した社会状況があることは間違いない。まずは、作者の強い意志や決意が読みとれよう。しかし同時に、「暗闇の」という格助詞の活用により、さらに多義的な解釈を呼び込むような「眼玉」のイメージが現前されていることも否定できない。なぜ、濡さずに泳ぐのか。泳ぐのは、いったい何者なのか。ついに「眼玉」の主体は明かされぬまま、どこか原初的と言ってもよい「眼玉」の強度だけが、ただ読者へと手渡される。

木犀匂う月経にして熟睡なす

『谷間の旗』
一九五五年刊

「遠き背後」より。「木犀」の匂いを通じて、〈女〉に秘められた生理、そしてエロスを表象させた一句。女性の身体に関わる生理は、実にデリケートで繊細なもの。戦時中などの環境の激変や過度のストレスによって、多くの女性は生理不順になり、なかには途絶えてしまった者もあったと言われる。やはり、アレクシエーヴィッチの著作名のように〈戦争は女の顔をしていない〉のだ。この一句では、木犀の強い香りに抱かれながら、生理中の女性が深い眠りについている。その情景は、作者の眼差しが捉えた、いま平和であることの証なのだろうか。

夜の芍薬男ばかりが衰えて

『谷間の旗』
一九五五年刊

18

「遠き背後」より。六林男には「木犀匂う」のように、花の気配や風姿を通して〈女〉という存在に秘められたエロスを表象させている一群の作品がある。この一句でも、夜の闇の中でかすかな芳香を漂わせている「芍薬」は、どこかセクシャルな匂いさえ発散させている女体のメタファーとなっている。昼間、生活の糧を得るために働き疲れ果てた男たちにとって、わが家と言っても、そこは単に寝るために帰る場所にすぎなくなりつつあるのだろう。いま男たちは、「芍薬」のような生命感に溢れた〈女〉がいる家の中で、ただ衰えていくしかない。

傷口です右や左の旦那さま

『谷間の旗』
一九五五年刊

「遠き背後」より。この一句の作中主体としては、まず戦争で失明したり、手足を失ったりした傷痍軍人のイメージが浮かびあがる。そう言えば、私の幼い頃の東京でも駅の地下道や上野公園で、アコーディオンを奏でながら物乞いする白衣の彼らの姿を目にしたことがあった。この一句の「傷口」とは、そんな傷痍軍人のものだけではない。自分の「傷口」のように小銭を差し出してしまう人々をはじめ、否応なく戦争を体験させられた一人ひとりの生活感情に刻まれた「傷口」であり、敗戦国となった日本という国の見えざる「傷口」でもあるのだ。

遠近にヘリコプター泛き凶作の田

『谷間の旗』
一九五五年刊

20

「遺家族」より。この時期の社会性俳句を代表する一句として、しばしば取り上げられる作品。遠く近くに報道などの数機の「ヘリコプター」が飛び回り、その下に「凶作」に見舞われた水田が広がっている。決して句意に難渋なものはない。しかし今日から見ると、凶作という災厄をめぐる切迫感と言うよりも、どこか戦争映画やアクション映画のワンシーンのようにも見えてしまう。彼の句には、ヘリコプター以外に飛行機や機関車なども句材として登場するが、それらは社会性と言うよりも、ときに機械的《メカニカル》なものへのフェティシズムを感じさせる。

五月の夜未来ある身の髪匂う

『谷間の旗』
一九五五年刊

21

「五月の夜」より。詞書には、「ある夜、香西照雄、沢木欣一を迎えて金子兜太、原霧子らと彷徨して　五句」とある。その冒頭の一句。昭和二十年代後半、その当時の同人誌「風」を中心とした青年俳人たちは、〈社会性のある俳句〉を推進させていた。この一句は、そうした青年たちの交流を背景としている。新緑の息吹きが匂ってくるような「五月の夜」。その中を彷徨する青年達が放つ髪の匂いによって、横溢する生命感をシャープに切り取っている。当時の彼らにとって、俳句という詩型こそが未来への希望を託しうるものだったのだろう。

寒光の万のレールを渡り勤む

『第三突堤』
一九五七年刊

22

「任務の肩」より。群作「吹田操車場」六十句の冒頭句。その前書によると「この屋根のない職場は総延長一二五粁、総面積七六万平方米。職員の殆どが歩き回り熄みなく、昼夜の別なく貨車を捌いている。…」と記されている。もちろん、この「吹田操車場」自体、それまでの俳句の吟行の場所などではない。昼夜なく四六時中、休むことなく働きつづける人間と機械、そして自然（時間）の三者が厳しく対峙し相克しつづけている。人間の労働を通して、従来の季語や季題ではない自然と人間の関わりを表現しようとした六林男の記念碑的な作品群。

放射能雨むしろ明るし雑草と雀

『第三突堤』
一九五七年刊

「遠い拍手」より。詞書に「シベリアに、ビキニに、モンテペロに水爆実験つづく」と記されるように、当時の時代背景を抜きにしては享受しがたい作品。むろん「放射能雨」とは、アメリカと旧ソ連の核実験により、日本列島に降る雨が汚染されたという事態を指す。その当時、雨に濡れると放射能で髪が抜けるなどと注意されたこともあった。この一句では、そんな人間の所業はおかまいなしに、「雑草と雀」が明るいという実景の印象を前景化させている。そんな明るさとの対比によって、見えない放射能の恐怖を形象化させた一句であろう。

枕頭に波と紺足袋漁夫眠る

『第三突堤』
一九五七年刊

24

「眠れぬ夜」より。もう一つの群作「大王岬」五十四句の中の一句。六林男は、この群作について〈荒い海浜の自然に対して、人間がどのように順応して生活を成りたたせているか。それを、それこそ自然の状態で把握しようと試みた。〉（「定住者の思考」）と後に記している。一見すると、「吹田操車場」とは対照的なモチーフに見えながら、ここでも単に愛でる〈季語や季題ではない〉荒々しい自然と人間との関わりへと作者の眼差しは注がれている。この一句では、すでに漁夫にとって身体化された苛酷な自然のイメージが切り取られているようだ。

50 — 51

降る雪が月光に会う海の上

『第三突堤』
一九五七年刊

25

「眠れぬ夜」より。群作「大王岬」の一句であるが、とりわけ審美性が際立つ一句。降りしきる雪たちが、月光を浴びながら刻々と漆黒な海面へと消えてゆく。限りなく美しく、ときに幻想的とも呼べる光景だ。しかし、それは写生的に捉えられた現実の景と言うよりも、あくまで言葉によって形づくられたイマジネールな景色と言えるもの。そして、「降る雪が月光に会う」という一瞬＝生が、そのまま漆黒の海面へ、永遠＝死の静けさへと連なってゆく。そのとき死のイメージを、作者の経験した戦場以上に身近かなものに感じたのかもしれない。

擦過の一人記憶も雨の品川駅

『櫻島』
一九七五年刊

「兵士の顔」より。まず「擦過」、「一人」、「記憶」という語感から、どこか硬質なイメージが浮かびあがる。雨が降る品川駅で、一瞬すれ違った人。その直後、かつて、この雨の品川駅で別れた者の記憶が甦える。だが、気づいて振り返ったときには、すでに駅の人ごみに彼の姿は消えていた。そんな句意になるだろう。この感傷となる一歩手前で踏み留まる一句には、プレテキストがあることを川名大は明らかにしている。戦前の中野重治の代表作のひとつ〈雨の降る品川駅〉だ。日本を追われ、故国朝鮮へ帰る友との別れを詠んだ哀切な詩篇である。

いつまで在る機械の中のかがやく椅子

『櫻島』
一九七五年刊

「兵士の顔」掉尾の句。六七六という独特な音数律によって、読者に強いインパクトを与える一句。間断なく作動する「機械の中」に置かれた「かがやく椅子」。もとより西欧から移入された椅子とは、その場における支配者の権威を象徴するもの。昭和三十年代、高度経済成長に向かいつつある状況で、作者は「かがやく椅子」に象徴される何者かに対し強い異和を感じているのだろう。その後、この一句は石油コンビナートをめぐる群作「王国」の冒頭に、〈いつまで在る／器械の中の／かがやく椅子〉という三行の多行表記で置かれることになる。

戦争が戻つてきたのか夜の雪

『櫻島』
一九七五年刊

「遠景」より。この前には「戦争が通つたあとの牡丹雪」が配され、これら二句は連続した作として鑑賞する必要があるのだろう。これまで直截に用いられたことのない「戦争」という言葉。それが二つ並んで配置され、また「雪」という季語によって、戦前の二・二六事件などのイメージを呼び出しながら、その戦争が「通つたあと」、また「戻つてきた」と読ませるように仕掛けられている。それは、かつての戦争体験が激しい風化に晒され、戦後という時間が不問のまま閉されようとしていくことに対する、六林男の痛烈なアンチテーゼであった。

青年に虚無の青空躲使う

『櫻島』一九七五年刊

「未決の者」より。「青年」というモチーフに、当時の作者を投影させた自画像とも呼べる一句。何より作者は、「青年」と「青空」に共通する〈青〉の一語を発見し、そのイメージに対して「虚無」を感じとったのではなかろうか。たしかに、何事も包み込んでしまうような雄大無比の「青空」に向かったとき、あまりにも微小な自己という存在に対して、ときに不安や虚しささえ感じてしまうことがある。それを埋めてゆくには、あくまで自己の「躰」を使うことでしか果たされないのだ。そんなフィジカルな実存性の表明であるのかもしれない。

ひとり見る一人の田植雨の中

『櫻島』
一九七五年刊

30

「濛濛」より。しばしば作者の句に登場するキーワードに「一人」がある。ここでは、雨の中「田植」をしている「一人」と、それを見ている「ひとり」が切り取られている。おそらく、この「一人」と「ひとり」は何の関わりもない。雨の中にある二つの孤影を、作者は眺めているのだろう。どこか静謐でありながら、人間という存在にひそむ孤独さえ滲む一句。つねに〈派〉ではなく〈流〉をと述べ、一人という存在にこだわりつづけた六林男らしい作品。なお澤好摩は、この一句をめぐって作者の〈抒情の原型が窺える〉（「円錐」67号）と記している。

遠景の櫻近景に抱擁す

『櫻島』
一九七五年刊

「死について」より。かねてより絵画や写真表現に関心を寄せてきた作者らしい映像的な遠近法が際立つ。いま「遠景」には「櫻」が、ズームアップされた「近景」には「抱擁」する者たちがいる。この遠近二つに対比されるものを、移ろいゆく季節の繰り返しによって永続する時間と、限りある生命の一瞬の愛しい時間と言いかえてもよい。とりわけ戦前において「櫻」とは、その美しく舞い散ってゆく光景から散華の美学＝死を象徴するものとして賞揚されてきた。しかし六林男は、その画面に横溢する一瞬のエロス＝生を描き切ろうとする。

暗い地上へあがつてきたのは俺かも知れぬ

『櫻島』
一九七五年刊

32

「死について」より。無季、破調の異形の一句。まず一読し、想起させられたのはアンジェイ・ワイダ監督の「地下水道」（一九五六年）。第二次大戦下のワルシャワにおける対独レジスタンスの悲惨な最期を描いた映画だ。蜂起に失敗した者たちは、市内の地下水道へと逃げこむ。息苦しいほどの閉塞感が凄絶であった。この一句は、そのラストシーン。一人の者が地上に出るものの、破壊され尽くした光景を目にし、再び地下へと戻ってゆく。地上もまた、すでに地獄のような廃墟でしかなく、もはや「俺」という存在も亡霊のように消えかかっているのだ。

殺された者の視野から我等も消え

『櫻島』
一九七五年刊

33

「死について」より。定型律を保ちながらも、季語も具体物も見当たらない。この一句にも、やはり作者自身の戦場体験が底流しているはずだ。いま仮に「殺された者」を戦場での敵とすれば、そのような自らの敵を殺すという行為によって、同時に「我等」の存在も「消え」去るのではないか。そんな祈りのような倫理観《エチカ》を、この一句から受け取ることもできよう。かつて、俳句の〈省略とは不要なものをすてることのみでなく、必要なものを削除することである。〉（「リアリズム小感」）と記した六林男が、その実践として挑んだような問題作である。

月の出や死んだ者らと汽車を待つ

『櫻島』
一九七五年刊

「愛について」より。前書に「作州記　津山」とあるように、作者の師であった西東三鬼の故地を訪ねた際の一句。すでに三鬼は没しており、誰もいない駅のホームで亡き師と共にと、まずは読みうる。だが、作者の戦場体験に即すれば、ここに若くして亡くなった戦友達もいるはずだ。「死んだ者ら」と汽車を待ち、何処へ行こうとしているのだろうか。また上五に「月の出」という此岸と彼岸、エロスとタナトスを媒介する一語を置くことで奥行きのある世界となっている。いま、生者と死者が時空を超えて邂逅する一瞬を捉えた、鎮魂と癒しの一句。

凶作の夜ふたりになればひとり匂う

『櫻島』
一九七五年刊

35

「愛について」より。もちろん「凶作」とは、季節の自然なサイクルの内にある収穫をめぐる災厄。戦後も生計を農業に頼った土地では、たびたび「凶作」に見舞われてきたと言われる。そんな危機的な状況に置かれた「ふたり」のうち「ひとり」が匂うとは、どういうことなのか。夜を共にする「ふたり」――たとえば、対となる男女であっても、「匂う」という生理を通じて、その隔たりが覆うべくもなく顕わになってしまうのだろう。人間という生命をもつ存在に内蔵された寂しさや哀しさ、さらには愛しさまで立ち上がってくる一句である。

鳩雀鳶千羽鶴塔娼婦

『櫻島』一九七五年刊

36

「愛について」より。「ヒロシマ・デルタ」と詞書のある中の一句。何より、漢字のみで表記された特異さが際立つ。まず平和のイメージに結びつく「鳩」が置かれ、「雀」、「鳶」という日常の風景に戻りつつ、被爆したヒロシマのイメージを表象する「千羽鶴」が呼び出され、「塔」、「娼婦」に至って終止する。ある崇高さと卑俗性を微妙に往還するように布置された漢字と、その構成を通して被爆の影を曳くヒロシマのイメージが立ち上がってくるようだ。この列叙法による表記について、久保純夫は高柳重信の多行表記との近親性を指摘している。

水の流れる方へ道凍て恋人よ

『櫻島』一九七五年刊

「夜の雀」より。何より、「水」にまつわるイメージが決定的な役割を演じている一句。まず、「流れる」という自然の姿が呼び出される。しかし、その方向に沿っていく「道」は凍てついているのだ。それゆえ「恋人よ」の呼びかけが、切なくも愛しく読者の胸を打つのだ。〈「恋しさ」は対象の欠如を未来において補充しようとする志向をもっている〉（九鬼周造「情緒の系図」）という言葉と呼応するように、不安定な情景にあって、恋しさというエロス的情動の根源に触れるような、あえかな未来性を、この一句は見事に形象化しているのではないか。

わが死後の乗換駅の潦

『櫻島』
一九七五年刊

38

「夜の雀」より。「わが死後」という特異な措辞は、本句集より頻出するキーワード。なかでも、この一句は佳品。まず「の」という格助詞の重畳によって、作品のイメージは「潦」に絞られる。もとより「潦」は水溜りの古語であり、すでに万葉集の時代から枕詞ともなってきた。季語ではないけれども、日本的な情緒や死生観さえ感じさせる言葉だ。「乗換駅」という作者らしい場所から、此岸と彼岸を媒介する「潦」に映った濁世の現実を眺め返した一句。こちら側を懐しく、また愛しく眺め返す眼差しは、すでに死後からのものとなっているのか。

白昼や水中も秋深くなる

『櫻島』
一九七五年刊

39

「夜の雀」より。まず「白昼や」という鮮烈な切れ、そして「水中も」とあるので日毎に秋が深くなり、それが水中の世界にも及んでいるという句意になろう。どこか山口誓子の〈秋の暮水中もまた暗くなる〉を想起させるが、六林男の句は写生的な景というよりも、秋という季節の寂寥感を水中にまで通わせた心象的な景と言えるのではないか。あえて〈秋の暮〉のような伝統的な季語ではなく、「白昼」というイマジネールな世界を呼び出すような言葉を用いて、「水中」という無音の世界へ天象の変化を投影させている。作者らしい審美的な一句。

夕月やわが紅梅のありどころ

『櫻島』
一九七五年刊

「残酷な季節」より。この時期から、六林男が好んで取り上げたモチーフのひとつに「紅梅」がある。この一句は「夕月や」で一旦切れ、仄かに射しかかる月光の中に「紅梅」の鮮やかな像がクローズアップされている。しかし、それだけでは留まらない。「わが紅梅のありどころ」という心象に関わる措辞によって、「紅梅」に関わってきた自らの時間の経過の中の、ある掛替えのない存在であることさえも感じさせる。「紅梅」とは、愛しき永遠の女性のイメージなのかもしれない。のちにも、〈紅梅と沈みゆく日をおなじくす〉(『悪靈』)などがある。

殉死羨し西には松と中学校

『櫻島』、『國境』再録
一九七五年刊

「残酷な季節」より。詞書に「Y病院にて　十七句」と記されるように、このとき作者は病床にあった。時代錯誤のような、いきなりの「殉死羨し」は鮮烈。かつての作である〈遺品あり岩波文庫「阿部一族」〉(『荒天』)を下敷にすると、許されなかった「殉死」という意味合いも浮かびあがってこよう。この実感とも反語とも判じがたい「羨し」には、やはり戦争体験の苦さが投影されていることも確かだ。「西」という浄土を想起させる方向にある「松と中学校」。そんな日常らしき景色を眺めながら、ただ六林男は自らの死の意味を想っているのか。

女来て病むを憐れむ鷗外忌

『櫻島』、『國境』再録
一九七五年刊

「残酷な季節」より。この一句も、前句と同じく作者が病床にあったときの作。かつて六林男は、「女」という表記をめぐって、妻とか寡婦とか記すと、そこで作品のイメージが止まってしまうと語っていた。たしかに、ここでも「女」とだけ記されることで、さまざまに想像させる余白を残している。また、この「鷗外忌」をめぐって塚本邦雄は〈何故か六林男と鷗外は奇妙なアンサンブルを示す。…慰問の客のあやふくなまめかうとする刹那、鷗外の翳がそれをほろ苦く阻む。〉（「地獄の新樹」）と記している。ある諦念と退嬰さえ感じさせる一句だ。

池涸れる深夜音楽をどうぞ

『櫻島』、『國境』再録
一九七五年刊

43

「千里の丘」より。八音の破調による不安定なリズムの一句。おそらく「池涸れる深夜」とは、荒涼とした現実世界の形象化であろう。その世界に「どうぞ」と無表情な身振りで差し出される音楽は、何らの慰撫も癒しも齎すものではない。だが、この俗語調の誘いかけは、ふてぶてしく戦慄的でさえある。なお、この一句をめぐって塚本邦雄は〈このメッセージは危いモメントで生きた。見事に人の心を捕へた。辛い辛い諷刺の隠し味も、マゾヒズムに陥らず、目に見えぬ忌はしい力を告発しようとしてゐる〉（「地獄の新樹」）と記す。鮮麗な鑑賞である。

瀧壺を出ずに遊ぶ水のあり

『國境』
一九七七年刊

44

不定形な水への微細な観察から生まれた写生的な一句。「瀧壺」に落ちた水の大半は、すぐに出てゆくように見える。だが、ふわりと舞い降りた木の葉が、水面に留まりながら少しずつ微かに動いていたり、とつぜん水中に潜ってしまったり。また水面に出てきて回ったり、岸辺へ近寄ったりしている。「瀧壺」の水と言えども、出てゆくばかりではなく、そこに立ち止まって遊んでいる水もあるのだ。この一句は、そんな遊びの精神を示唆した作品とも読める。なお一九九一年、岸和田市の牛瀧山大威徳寺境内に建立された六林男の句碑に記されている。

天上も淋しからんに燕子花

『國境』
一九七七年刊

45

六林男の審美性を代表する一句。いま、目の前にある凛とした「燕子花」の美しさは、この世の淋しささえも感じさせるもの。至福の世界と想われている天上も、やはり地上と同じように、きっと永劫に淋しい世界であるのだろうか。そのような句意になろう。また上五の「も」、中七の「に」という、どこか言いさしのような助詞の働きが絶妙。作者の技術的な円熟を感じさせる。また「淋しからん」には、先の戦争で生き残った自分から、すでに英霊となって天上にいる多くの戦友達への呼びかけも込められており、かなしみを秘めた鎮魂であろう。

燭光や地獄にのびて新樹の根

『國境』
一九七七年刊

46

「松山郊外、石手寺にて」と詞書のある嘱目吟の一句。この寺は四国霊場五十一番札所、古く奈良時代に建立されたと言われる。それゆえ「燭光」とは、その堂内の御本尊などの前に灯されたものであるはず。続く「地獄」の一語にも仏教的なイメージがまとっている。この一句について塚本邦雄は〈…そこにはショッキングな美としか言ひやうのない一次元が出現する。〉（「地獄の新樹」）と記したが、なんと非情としか言いようのない救済と無縁な奇観であることか。生命力の溢れる「新樹の根」の先にさえ、「地獄」を幻視してしまうのも六林男の世界。

94 ― 95

裏口に冬田のつゞく遊び人

『國境』
一九七七年刊

この一句に、ことさら難解な言葉があるわけではない。しかし、容易に読み切れないと感じるのは、中七「冬田のつゞく」から下五「遊び人」への飛躍が、どこか唐突な印象を免れがたいからではないか。この「遊び人」を作者の自画像と受け止めてみると、「裏口に冬田のつゞく」までの措辞からは、そのような「遊び人」である自分を育み、許容し、ときに戒める場所＝トポスとしてのイメージさえも立ち上がってこよう。おおらかな奥行を感じさせながらも、冷えびえと広がりつづける「冬田」。そこは、六林男が定住しながら游学する拠点の原風景。

寒鯉や見られてしまい発狂す

『國境』
一九七七年刊

誰に見られているのか。誰が見ているのか。そう容易に読み解けないにも拘らず、どこか硬質で妖しい美を投げかけてくる一句。この「寒鯉」に作者の自画像を投影し、秘すべき何かを感受することもできよう。だが、下五の「発狂す」という変容は過激である。作者は、中七に「見られてしまい」を解読不可性さえ帯びた表記として置くことによって、〈写生〉という方法に倚りながらも、その特権的な眼差しを切断する劇薬と呼ぶべきものを仕掛けたのではなかったか。俳句という詩型が到達しうる臨界であると同時に、ひとつの謎を現前させた一句。

千の手の一つを真似る月明り

『王国』一九七八年刊

「日本海」より。詞書に「唐招提寺にて」とある一句。何より「千」と「一」の対比が鮮烈。「千の手」とあるように堂内の千手観音であろう。この像は頭頂に十一面をいただき、背後に千の手を備えた姿で立つ。その大小さまざまな表情を見せる「千の手」は、遍く衆生を得度する大悲観音ゆえのもの。作者は「月明り」の下、この「千の手」の一つの手の仕草を真似ている。そんな救済の手の形を真似ながらも、その心情は仏になれぬ人間の愚かさを、ふと感じて虚しくなってゆくのではないか。どこか優美さの中に寂しさを秘めた、印象的な作品だ。

幼木にして一本の紅葉す

『王国』
一九七八年刊

「日本海」より。ささやかな景への写生的な一句。決して枯れた〈老木〉でないのが、この時期の作者らしい。句意は鮮明。まだ幼い木でありながら、その中の一本が「紅葉」している。その「一本」を見つけた作者の眼差しは、限りなく優しいものだ。「幼木」であるがゆえの未来への希望と同時に、ある不安や危うさを感じさせながらも、それらを全て包み込んで見守ろうとする父親のような眼差しであろうか。〈言葉覚えるたのしさ涼しげ幼子よ〉(『櫻島』)なども。このような幼きもの、小さきものへと注ぐ眼差しも、六林男の世界のひとつであった。

男より迅く消えさり曼珠沙華

『王国』
一九七八年刊

51

「桜の木」より。この一句もまた、花の風姿に女性のイメージを投影させた作品であろう。と、言えるのは上五の「男より」の措辞が要所。「より」という比較を表わす格助詞の使用によって、そこに「迅く消えさ」ったものの存在が暗示されているのだ。なぜ、消え去ったのか。どこに、消え去ってしまったのか。何も示されることはない。それにも拘らず、男より短命なまま、すくっと現われては、たちまち消え去ってしまった「曼珠沙華」のイメージは鮮烈である。それは、一瞥した瞬間に消えていった華麗な女、その残像であるのかもしれない。

油送車の犯されている哀しい形

『王国』
一九七八年刊

52

「芳香族」より。石油化学を対象とした群作「王国」は七十六句で構成される。その冒頭に作者は〈海であったところ——粗い国土の上に建設された石油化学コンビナート　そこには住民の干渉を拒否する聖域がある〉と記す。提出句はコンビナートへと運ばれてゆく「油送車」。そもそも自然界の鉱物資源のひとつである石油が、寸胴なタンクに容れられている。この胁腹には、それぞれにグローバルな企業名が印されている。そんな「油送車」を、「犯され」、「哀しい」と捉える眼差しは、暴走する人間の欲望と、その危うさに対して注がれている。

司祭者よ走りつづける陽気な油

『王国』一九七八年刊

「芳香族」より。群作「王国」の一句。この「司祭者よ」と呼びかけられた者の姿は見えない。ただ、擬人的に形象化された「油」たちが、ほとんど人影のない世界の主役となっているような印象である。そんな「陽気な油」たちは、貪欲なまで性愛に耽り、子を生み、孫を生みつづける。まさに人間の営みのようでありながら、どこか不吉な聖性さえ帯びているようだ。ここに人間疎外というモチーフを読み取ることは容易いが、それ以上に姿なき「司祭者」による不穏な性的＝セクシャルな気配こそ、群作「王国」を象徴するものではないだろうか。

寝ているや家を出てゆく春の道

『王国』
一九七八年刊

「芳香族」より。この句は、群作「王国」には含まれていない。まず「寝ているや」と大きく切れ、ふだん慌しく立ち働いている肉体を、ゆったり横たえている光景が提示される。この主体を作者と受け取れば、春ゆえに何時までも、うつらうつらと身を横たえているのだろう。此所こそが、無防備な振るまいを許容するわが家であり、自らの生存の拠点と呼びうる場所――。あらゆるものが、此所から始まるのであり、そして出てゆくのであろう。己れの肉体はもちろん、思考することも、創作する行為も、この「春の道」を通じて広大な世界と出会うのだ。

山茶花のいづれの方に国の恩

『王国』
一九七八年刊

「芳香族」より。「山茶花」は初冬、諸花が凋落した後に花を咲かせる。一方「国の恩」とは、その国に生まれた者が、国からの保護を受けて生をまっとうする恩恵であろう。しかし、この一句では「いづれの方に」と記され、もはや「国の恩」が確かなものではなくなりつつある状況が示唆されている。そして「国の恩」の対極にあるのが、〈生をまっとうする恩恵〉が悉く奪われ尽くした、あの戦争体験なのであろう。凜とした「山茶花」の美しさに託して、作者は本来在るべきはずの「国の恩」の行方を、しきりに気にしているのではなかろうか。

髪洗う敵のちかづく音楽して

『王国』
一九七八年刊

56

「梅雨の河」より。この一句の「敵」に、作者の戦場体験の影を読みとることは容易い。しかし、この表現内容だけ見れば〈音のして〉でもよかったはずである。あえて「音楽」としたのには、武満徹による次の言葉が参考になるのではないか。〈人間が地上にあらわれた太古のときから…心臓のビートをこの肉体にもつ限り音楽はあった〉（『樹の鏡、草原の鏡』）。このような〈心臓のビート〉を刻みつづける肉体を持つ者同士が、ある状況で「敵」と名づけね合わばならない空しさ、愚かさを六林男は、「音楽」の一語に込めて記したのではなかったか。

奇術師や野分の夜は家にいて

『後座』一九八〇年刊

まず「奇術師」と「野分」の新奇な取り合わせにより、モダンな感覚が冴える。その舞台で帽子から鳥を出したり、水や火を自在に操ったり、さまざまなマジックを演じてみせる「奇術師」。彼は目の前の観客を欺くために、極度の緊張を強いられている。それゆえ、休まざるをえない「野分の夜」には、日々の緊張感から解かれ安らいでいるのだろう。自然の猛威による「野分」ゆえ、その夜は「奇術師」も一人の市井の者へと戻るのだ。また、掲句から西東三鬼の〈道化師や大いに笑ふ馬より落ち〉も想起するが、そのシーンには静と動の隔たりがある。

戦争と並んでいたり露の玉

『後座』
一九八〇年刊

この一句では、いま眼前にある「露の玉」に「戦争」が映っている。散乱した戦死者、引き裂かれた樹木、そして砲弾の炸裂によって抉られた地面……。あえて「露の玉」という季語と取り合わせることで、けっして「戦争」が過去のことではなく、いま目の前の現在として進行していることを暗示しているのではないか。なお「後座」という句集名も、〈戦争〉にこだわり続ける六林男の流儀によるもの。後記には〈目標に向って作業を継続しようとしたとき、反動によって書き手も傷つく覚悟がなければ、前方が透いてこないことになる。〉と記す。

秋深む何をなしても手の汚れ

『後座』
一九八〇年刊

59

さりげない表現に、人間の実存と原罪を示唆したような一句。何より「手の汚れ」が、幾層もの読みを許容する奥行きを含んでいる。人が日々暮らしていくためには、食ひとつとっても、さまざまな生命を頂いていかなければ成り立たない。たとえ悪行とは呼ばれなくとも、知らず知らずのうちに〈手を汚して〉いるのだ。さらに昨今の地球環境をめぐる危機も、人のあらゆる行為が関与していることは間違いない。見方を変えれば、人間の歴史とは、「手の汚れ」自体であったのかもしれないのだ。「秋深む」淋しい情景が、現世の人間たちの生を包む。

満月の血まみれ軍醫なり瞑る

『悪霊』
一九八五年刊

「一人だけの大学」より。前書には「戦争　Ⅰ　十三字と季語によるレクイエム」と記す。この章で〈雪月花〉より始まる言葉は、全て〈陸軍戦時編成師団符号〉から選ばれゴシック体で標記されている。ここで掲げたのは、二句目。満月の下で、血まみれになった軍医という救いようのない絶望的な光景が切り取られている。三十八句に及ぶ多様で、かつ悲惨な戦争のイメージが、緊密な構成をとって展開され、戦場に散った師団名を一兵士へのレクイエムとして刻み込む。さらにゴシック体の季語を含む師団名は、視覚的にWarの頭文字となっている。

デルタより吹雪けり全滅の中隊

『悪靈』

一九八五年刊

「一人だけの大学」より。前書には「Ⅳ　日本隠語集」と。隠語とは、特定の仲間や業界だけに通用する〈かくしことば〉。ここでは、性や犯罪をめぐる言葉が選ばれている。この一句の「デルタ」は女性の恥丘をあらわす隠語。「全滅の中隊」と取り合わせられることで、従来の戦争俳句からはみ出すようなアイロニーに満ちた哄笑を一句に響かせている。もとより隠語とは、いわゆる正しい日本語ではない。そんな規範と相容れない言葉を詠み込む行為自体が、六林男の反─戦なのだ。ほかに春画の隠語を詠み込んだ〈戦死者の和印遺す年端月〉なども。

還ることのみを願えり塩の柱

『悪靈』
一九八五年刊

「一人だけの大学」より。本句集の扉には、ヨハネ黙示録の一節が掲げられている。〈第七の封印を解き給いたれば、凡《およ》そ半時《はんとき》のあいだ天静《しず》かなりき〉。掲出の一句は、そのような聖書への拘りの深さを感じさせる作品。旧約聖書の創世紀において、神の怒りによって滅されたソドムの町を、振り返ったがゆえに「塩の柱」と化したロトの妻の挿話から取られている。この句では「塩の柱」となりながらも、彼女が暮らしていた町へ「還る」ことだけを願っていると書きとめられた。執拗に戦争などの災厄の歴史を振り返り続ける、六林男の意志を感じる。

昼寝よりさめて寝ている者を見る

『悪靈』
一九八五年刊

「一人だけの大学」より。何ら難解な措辞がないにも拘らず、読者それぞれにおいて幾層もの解釈を許容する幅をそなえた一句。たとえば「寝ている者」を家族や恋人とした場合、それは相手への慈しみという眼差しとなろう。一方、「見る」側から解釈すれば、一人の存在をめぐる孤独という読みが成り立つ。いわば、他者と共にありながら自己に囚われざるをえない孤独である。寝ている者と目覚めた者、その非対称な関係の中で、いま目覚めてしまった者にこそ孤独は深い。ふとした日常の光景の中に、存在の孤独を浮き彫りにした手法が冴える。

墓の前オートバイ立て行方知れず

『悪靈』一九八五年刊

64

「一人だけの大学」より。オートバイに作者のフェティッシュな眼差しさえ感じさせる一句。だれが乗ってきたのか。どこへ行ってしまったのか。何も示されないにも拘らず、オートバイという存在のもつ孤独な気配に、硬質な叙情を滲ませている。詩人の金時鐘は〈この異質な対置がはらむ沈黙は、詩に倦んで久しい私の、微温的な日常を墨のように圧した〉(「俳句」一九八五年八月号)と評した。かつて六林男が、内燃機《エンジン》むき出しの古いタイプのオートバイが好きだと語っていたことも思い出す。また、〈やや傾き歳晩の地のオートバイ〉などの作も。

右の眼に左翼左の眼に右翼

『悪靈』
一九八五年刊

「机をつくるための指示」より。この一句から、直ちに西東三鬼の〈右の眼に大河左の眼に騎兵〉が想起されよう。三鬼の句では視覚的な二重性が魅力となっているが、六林男の句では明白に対立する「左翼」と「右翼」が同時に視野に収まっている状態が提示されている。しかし、このようなイデオロギーをめぐる対立も、所詮その時代によって位置取りが変わっていくもの。いかなる価値観であっても、相対的にならざるをえないのではないか。そんな一人の〈人間〉でありつづけるための自らの倫理を、作者はニヒリズムと呼んだのではなかったか。

まつすぐに差す手のあわれ風の盆

『悪靈』
一九八五年刊

「机をつくるための指示」より。詞書に「越中八尾にて」と記す中の一句。毎年九月一日からの三日間催される「風の盆」の舞台は、富山県八尾町。哀愁を帯びた胡弓の調べに合わせて、綾藺笠姿の男女が夜を徹して踊り明かす。数多くの小説のモチーフともなっているが、作者の眼差しは、ただ一人の踊り手の「まつすぐに差す手」へ向けられる。「あわれ」という形容が、はかない一人の願いを呼び起こすようだ。この他に、〈遠洋に野分とどまり風の盆〉、〈仰ぐとき天の暗黒風の盆〉なども。もう一度訪ねてみたいと、生前の六林男は語っていた。

少年や父には冬の瀧かかり

『悪霊』

一九八五年刊

「有季憂情」より。まず、少年と父、作者の三つの影が浮かびあがる。おそらく無言のまま、父と子は瀧の前に立っている。ある距離をとって、作者は見ているのだろう。「少年や」の詠嘆によって、あくまで少年からの父の位置であり、関係であることが示唆されている。いま父である者も、かつては少年であり、同じような位置から父の後姿を見ていたはずだ。ただ父には、いま冬の瀧の冷たい飛沫だけが降りかかっている。いつか少年が父になったとき、今日の情景を想い出すだろうか。この切ない間合いにこそ、作者ならではの叙情が宿る。

満開のふれてつめたき桜の木

『悪靈』
一九八五年刊

「有季憂情」より。日本的な美意識の象徴とされる〈桜〉を対象としていても、作者は花それ自体を詠もうとはしていない。その目は、「満開」に溢れ咲いた桜から、視覚だけでは到底分りえない「桜の木」の冷えびえとした感触にまで及んでいる。散り際の美しさという感傷的な情緒に凭れ掛かるのではなく、まだ散るには間のある「満開」という緊張感こそ、何より六林男らしい。すでに「満開」となって持てるエネルギーを出しきった「桜の木」、その「つめたき」という把握には、対象への哀れみだけでなく、深い慈しみや畏怖の念さえ感じる。

男名の山は老いつつ鹿の聲

『悪靈』
一九八五年刊

69

「葡萄の木」より。前書に「熊野集――ここは、わが遠祖の地である」と記した群作中の一句。一九七六年、六林男は何度も熊野の地を訪れ、自らの古層と出会うことで群作としての俳句と散文〈熊野雑記〉を残している。提出句の「鹿の聲」とは、秋の交尾期に牡鹿が牝鹿を呼ぶ哀しげな声。万葉集以来、妻恋いの声として多く詠まれてきた。「男名の山」は、熊野の中辺路にある悪四郎山とされるが、「老いつつ」と続くことで作者自身の老いへの想いも垣間見えてこよう。妻を恋う「鹿の聲」と相俟って、ひときわ古典美への傾斜を見せた一句。

ひとりの夏見えるところに双刃の剣

『傢賊』一九八六年刊

70

「双刃の剣」とは、一方で有益であるものが、他方では大害を与える危険が伴うことのたとえ。この一句では、その内容について何も指示されてはいない。ただ、「ひとりの夏」に注目すれば、それは一季節としての夏ではなく、あの敗戦日（八月十五日）が刻された一九四五年以来の〈戦後の夏〉であることが判る。そんな〈戦後の夏〉が続く中で、ひとりゆえ否応なしに「双刃の剣」を、見てしまっている六林男がいる。たとえば、今日の平和を守り続けるための安全保障と呼ぶものが、そのまま明日の戦争への深刻な危機を宿してしまうことを——。

鰐トナリ原子爆弾ノ日ノ少女

『傢賊』
一九八六年刊

「動物集」の一句。漢字とカタカナ表記により戯画風に描かれた二十種の動物が、その特徴をもって二十人の人物像を連想させる群作だ。〈八月ノ犀ノ歳月動クナヨ〉をはさみ、戦争へと傾斜する不条理な情景が呼び出され、やがて無気味な全体となってゆく。掲句は二十句目、掉尾の作。原爆が投下された日、その苦しみから水を求めて川に飛び込んだ人々の光景と重ね合わされているのか。「鰐」からは、ケロイドとなって苦しみぬく少女の凄惨なイメージさえ立ち上がってこよう。この爆心地の描写にも、カタカナ表記が効果的に生かされている。

言葉ありまた末枯をさずかりし

『傢賊』
一九八六年刊

あくまで、言語表現のひとつとして在るべき俳句。この一句は、作者の俳句の言葉をめぐる現況に対する批判を、さりげなく内包させたもの。メタ俳句とも呼べる作である。中七の「末枯」とは、秋に色どられた野山の景色が、やがて淋しい冬の枯野の景色へと移りかわっていく晩秋の季語。そんな「末枯」を急ぐ草や木々のように、俳句をめぐる言葉もまた凋落の兆をみせ、やがて荒廃へと向かいつつあるのではないかと、作者は直感する。〈大寒の夜ふけをひとり辞書の恩〉の一句もあるように、言葉に自覚的であり続けてきた六林男らしい一句だ。

全病むと個の立ちつくす天の川

『傢賊』
一九八六年刊

73

「全」と「個」の対比が些か観念的に見えながら、作者らしい倫理観《エチカ》を潜めた一句。もとより、個を離れて全体はないし、一を離れて多も考えられない。個々の民を離れて、国という存在もありえないのだ。この論法に則るならば、全が病むときは個も病まざるをえないし、また個が病めば全も同じく病むことになろう。しかし掲句では、全の病いを前にして個が立ちつくしている。頭上に茫々と横たわる「天の川」によって、気づかされたのであろうか。かつて全が病んでいった時代を、身をもって経験した作者だからこそ記しえた一句だと言えよう。

148 — 149

終戦日円から角に西瓜切られ

『雨の時代』
一九九四年刊

74

「雨の時代」より。六林男にとって八月十五日は〈敗戦日〉であり、口当りのよい「終戦日」などではなかった。あえて「終戦日」と記すことで、この一句に何を込めようとしていたのか。「円から角に」という表現に、どこか割り切れない感情も窺えるが、「西瓜切られ」と言いさしのまま終止している。では仮に、「円」は日の丸を、「角」は星条旗を象徴する図形と受け止めてみたら、如何だろうか。「終戦日」という呼称は、あくまでアメリカから見た記念日のはず。たわいもない日常の動作の中に、痛烈な諧謔を込めた六林男らしい一句。

夜咄は重慶爆撃寝るとする

『雨の時代』
一九九四年刊

75

「雨の時代」より。重慶は、四川省にある中国西南地区最大の商業都市。この密集都市に対して日本軍は、一九四〇年と翌四一年にわたり無差別爆撃を行っている。そのため「重慶爆撃」は、数多くの一般市民を巻き込み、日中戦争の歴史の中にトラウマと呼ぶべき深い傷を刻み込んでしまった。この一句の「夜咄」で語ったのは、六林男自身であったのか、同席した誰彼であったのか。しかし、中七で断絶し大きく切れ、ただ「寝るとする」とだけ記されている。作者のうんざりするような気分と共に、どこか果てのない虚しさまで伝わってくるようだ。

152 — 153

地球儀に空《そら》のなかりし野分かかな

『雨の時代』一九九四年刊

76

「雨の時代」より。人の手によって造られた地球儀に、「空《そら》」がないのは当たり前のこと。だが、ここから地球それ自体との相違、さらに異和感まで連想させるように一句は仕掛けられているのではなかろうか。何より地球儀には、その大半において国境線が引かれ、時代によって変わりつづけてきた。この「空《そら》」のない地球儀における「野分」とは、むろん自然現象としてのそれではなく、戦争や環境破壊、さらに放射能禍と呼ばれる人が原因となる災厄であろう。今世紀に入って、しばしば耳にする〈人新世〉という地球史のキーワードも予見させる一句。

154 — 155

陰に麦耳に粟以後木守柿

『雨の時代』
一九九四年刊

77

「雨の時代」より。この「陰に麦耳に粟」までは、明らかに『古事記』をプレテキストとしている。陰部、耳、目から麦や粟、稲などを生んだと言われる大気都比売《おおげつひめ》神をめぐる伝承だ。すでに盟友、佐藤鬼房に代表句〈陰に生る麦尊けれ青山河〉（『地楡』）という生命が湧き上がる大地賛歌の一句があるが、六林男の作では些か趣意が異なっている。鬼房の〈青山河〉の夏に対し、六林男の「木守柿」は冬。幸魂《さちだま》の信仰を起源とする、次の新生への祈りを促す「木守柿」を配している。この一句は、時を隔てた盟友への秘かな応答であったのかもしれない。

地雷踏む直前のキャパ草いきれ

『雨の時代』
一九九四年刊

78

「ミラルの木」より。ある瞬間を切り取るという共通点のせいだろうか。六林男は、写真表現に並々ならぬ関心を示していた。この一句の「キャパ」は、あの戦場カメラマンとして著名なロバート・キャパのことである。彼は、一九五四年、インドシナ戦争の取材中に地雷に抵触し、爆風に巻き込まれ死亡した。「草いきれ」の措辞に、緊張した彼の息づかいを感じさせる。一方、六林男の俳句において実現されている映像＝イメージは、リアリズムでありながらも、より批評性や象徴性を重視した東松照明などの戦後写真との近親性があるように思える。

短夜を書きつづけ今どこにいる

『雨の時代』
一九九四年刊

「少数派」より。六林男にとって、俳句は〈書く〉ものであり、〈詠む〉ものではなかった。この一句には、そんな彼の自画像と呼べるイメージが刻印されている。短い夏の夜、机に向かって書きつづけている六林男。ふと気がつくと、自分は何に向かって書いているのか、何処へ向かっているのか。そんな漠とした想いに囚われている様子が、ストレートに投げ出されている。かつて宗田安正は、六林男の〈書く〉をめぐって〈俳句の思想化〉と喝破しているが、それは新興俳句の系譜に連なる自らへの、決して譲ることのできない表現の流儀であった。

月の出の木に戻りたき柱達

『雨の時代』
一九九四年刊

「少数派」より。切ない望郷の念を、「月の出の木」に託した叙情的な一句。古来より日本家屋では、直立する「柱」が荷重を支える重要な役割を果してきた。そのため、大黒柱という慣用語もあるように、「柱」は頼りになる人のたとえにさえなっている。この一句の「柱達」は、月の出の仄明りに照らされて、できることなら生地の山の森へ戻りたいと想いを凝らしているのだろうか。さらに、この「柱達」は、六林男にとって戦死した仲間達も含意しているのだろう。なお、奈良県東吉野村木津川の薬師堂境内には、この句碑が建立されている。

河の汚れ肝臓に及ぶ夏は来ぬ

『雨の時代』
一九九四年刊

「少数派」より。この「河の汚れ肝臓に及ぶ」までは、明らかに戦後日本の社会問題となった、環境汚染をはじめとした公害問題がテーマとなっている。なかでも生活排水ばかりでなく、大量の工場排水によって汚染された河川からは、さまざまな公害病と呼ばれる人災が生まれてしまった。一方、下五は、爽やかな初夏を象徴する季語や風物が詠み込まれた〈夏は来ぬ〉という有名な歌曲が踏まえられている。美しい季語を遵守しながらも、汚染された現実の自然からは目を逸らしつづける者達への皮肉を、その滑稽味あふれる演戯に込めた一句である。

冬の日の言葉は水のわくように

『雨の時代』
一九九四年刊

「少数派」より。六林男俳句は間口が広い。この一句も、そんな広がりを指示す叙情句のひとつ。とりわけ作者にとって、冬とは思い入れのある季節であった。これまでの群作「吹田操車場」や「王国」など、そのほとんどが冬の一日に統一されており、冬とは〈物の存在が鮮明になる季節〉とも語っている。さらに、この「冬の日」は、芭蕉による『俳諧七部集』の最初の部であることも含意しているはずだ。冬の日でも、「言葉」だけは涸れることなく、水の湧くように溢れ出てくるのだろうか。そうであって欲しいという、六林男の願いなのか。

さみだるる大僧正の猥談と

『雨の時代』
一九九四年刊

「鵜殿」より。六林男には、既存の権威や権力に対する悪態とも呼べる作がある。この句では、「大僧正」がそれに当たるが、決して硬直した身振りではない。むしろ滑稽な演戯によって、アイロニカルな哄笑を誘う。井川博年が指摘したように、〈大僧正の猥談はだらだらとめどもない〉ものか（ブログ増殖する俳句歳時記）。「さみだるる」という季語も絶妙。作者の退屈した気分まで伝わるようだ。また本句集には、〈先達に『好戦句集』山笑う〉、〈いちど広島にど長崎さんど桜田門あたり〉など、過激なアイロニーの毒の効いた作も収められている。

花篝戦争の闇よみがえり

『雨の時代』
一九九四年刊

84

「鵜殿」より。この一句では、「戦争の闇」が夜桜を照らし出す「花篝」という幽美な季語と取り合わせられている。それは「戦争の闇」が作者の追憶であると同時に、只今の現在であることを表象しているのではなかろうか。さらに「戦争の闇」という措辞が、一句の像の中心となることによって、「花篝」という季語のもつ審美性は一旦打ち消され、名付けがたい異和を抱えこんでしまっている。六林男自身の体験した闇は、終生にわたり彼自身の中で留まりつづけ、「花篝」の美しさを見ても、ふいに蘇り、その眼差しから現在を見ていたのだろうか。

170 — 171

永遠に孤りのごとし戦傷《きず》の痕

『雨の時代』
一九九四年刊

85

「鵜殿」より。六林男自筆の略歴には〈比島バターン・コレヒドール要塞戦に参加、負傷帰還。いまだ体内に十数個の機銃弾破片と機能障害をのこす〉との記述がある。生前、この事に話が及ぶと、空港の金属探知機に毎回反応するのだ、と冗談めかして本人は語っていた。この一句の「戦傷《きず》」は、もちろん終生にわたり作者の体内に残り続けたものであるのは確かだが、それだけではない。ついに一般化することを拒む傷であり、墓場まで持っていくことしかできない傷であり、その孤独なエクリチュールのための内なる傷＝トポスでもあったはずだ。

地の闇にきざはし垂らす薪能

『雨の時代』
一九九四年刊

86

「孤独な走者」より。奈良、興福寺の薪能、その古式な幽玄美について六林男が話してくれたことがある。この一句の「地の闇」とは、やはり死の世界だろうか。シテが亡霊や物の精となって登場する複式夢幻能において、もう一つの舞台となる世界である。なかでも四方に篝火を焚き、その灯りの中で演じる薪能では、ありありと眼前に死の世界が現われる。まさに、「きざはし垂らす」の措辞が絶妙だ。また六林男には、〈薪能死を思うわが頃となり〉（『國境』）という作もあり、「薪能」とは自他への鎮魂をめぐるモチーフであったのかもしれない。

174 − 175

遠くまで青信号の開戦日

『一九九九年九月』
一九九九年刊

「草の花」より。まず「開戦日」とは、十二月八日。一九四一年、日本軍がハワイ真珠湾へ攻撃を行い、太平洋戦争に突入した日と読める。だが、その読みだけでは、この句を浅薄な作にしてしまう。「開戦日」は太平洋戦争のみならず、日清、日露、すでに泥沼化した日中戦争にもあったはずであり、さらに未来における「開戦日」まで含意しているのではないか。おそらく、ある国家が戦争へと踏み出すときは、押しなべて「遠くまで青信号」なのだ。一見、平明に書かれながらも、過去から未来までのイメージを重層化させた六林男ならではの作品だ。

鬱鬱と定型帝国去年今年

『一九九九年九月』
一九九九年刊

「草の花」より。かつて〈王国〉という名を冠した俳句番組があった頃、六林男から〈王国〉と〈帝国〉の違いを聞かされたことがあった。古来、〈王の中の王〉こそが〈帝〉であり、〈王国〉の上位に〈帝国〉があると言うのだ。なるほど、俳句の発生史から鑑れば「定型帝国」と呼ぶ方が、ふさわしいのかもしれない。しかし、それを作者は「鬱鬱」と形容する。おそらく、その言葉には、俳句を含めた定型詩の閉塞する現況に対してと同時に、そのような定型に囚われつづける己れ自身へのアイロニカルな批評も含まれていたのではなかろうか。

溶けながら考えている雪達磨

『一九九九年九月』
一九九九年刊

「鶴の形」より。真白な雪達磨が、陽光に照らされ溶けて汚れてゆく姿ほど哀れなものはない。大小の雪玉からなる胴体が崩れかけ、木炭などで作られた目鼻も溶けはじめると、何とも情けない表情になってゆく。この一句では、そんな雪達磨に作者自身を投影していることは間違いない。しかし雪達磨は、溶けながらも「考えている」。この「考えている」ことを支えるのは、〈感性にまで深まった思想性と歴史意識〉（辻井喬・句集評）であるのだろう。どこか自虐的にも見える諧謔によってユーモラスに描き出された、晩年の六林男のポートレート。

米国の一州として米《よね》こぼす

『一九九九年九月』
一九九九年刊

「運命」より。「米《よね》こぼす」とは、新年の季語に多い〈忌み言葉〉のひとつ。涙を米の粒に見立て、涙を流して泣くことを言う。何より作者は、「米国」という国名と共通する「米」という単語から発想したものかもしれない。しかし、半世紀以上にわたり「米国」の軍事基地があり、政治経済的にも依存しつづける日本が、すでに「米国の一州」であるというアイロニーは辛辣である。「米国」が涙を流せば、日本も同じように涙を流す。たとえ、めでたい正月であっても、そのことは変わらない。平明な表現に歴史批評をひそめた、六林男らしい一句だ。

われわれとわかれしわれにいなびかり

『一九九九年九月』
一九九九年刊

「運命」より。全て平仮名で表記され「わ」と「れ」が四度くり返される印象的な一句。文学としての俳句に関わるには、つねに一人であることを強調してきた六林男らしい作だ。かつて高柳重信が指摘したように、社会性俳句の多くの者達が、早々と〈その主張を次々と変更し、かつ作家的な基本姿勢まで著しく変えてしまった〉のに対し、六林男のみが〈絶えず何かに強くこだわりつづけてきた〉(「俳句研究」一九七六年九月号)。そのような孤塁こそ、彼の表現者としての矜持であった。いま、緊張感みなぎる「いなびかり」が、一瞬、孤塁を照らす。

日光のあと月光の沈丁花

『一九九九年九月』
一九九九年刊

92

「人と影」より。「日光」と「月光」、そして「沈丁花」。この三つのシンプルな要素による審美性あふれる一句。あたかも、長廻しのフィルムによって撮られた映像のような作品だ。これまで花というモチーフは、女性やそのエロスのメタファーとして、しばしば六林男俳句では表象されてきた。しかし、この一句では、あくまで「沈丁花」そのものの審美的な存在を切り取っている。夜気の中で匂い立つ「沈丁花」が、ひときわ月の光によって際立つようである。生前の六林男から、最後となる記念句会の折に頂いた色紙には、この一句が記されていた。

オイディプスの眼玉がここに煮こごれる

『一九九九年九月』
一九九九年刊

「人と影」より。「オイディプス」とは、ギリシャ悲劇に登場するテーバイ王の名前。神託によって実の母と交わってしまい、その後に自らの罪悪感に苛まれ、己れの両眼を刺し盲目となったまま追放されてしまう王だ。この一句にあるのは、〈二十いくつかの世紀をこえて、自分をひとりのオイディプスと見るまなざし〉（鶴見俊輔・句集評）であろう。それは、見てはならない禁忌を見てしまった「眼玉」なのだろうか。結句の「煮こごれる」には、六林男の晩年にまで及ぶ深い断念と呼べるものが、その滑稽な身振りを伴って透けて見えてくるようだ。

動くもの卑しく雪の関が原

『一九九九年九月』
一九九九年刊

94

「戦友」より。この「関ヶ原」は、天下分け目の戦いと呼ばれた一六〇〇年（慶長五年）の舞台であり、古代にも皇位継承をめぐる壬申の乱の戦場となっている。さらに近代に入ると、東洋一と言われた帝国陸軍の火薬庫が置かれ、地政学的にも重要な場所となってきた。いま、そんな「関ヶ原」が清浄な雪で覆われている。しかし、「動くもの」が見える。人なのか、動物なのか判然としないが、六林男はかつて経験した戦場を幻視したのではないか。戦いのあと、死者の衣服や所持品を強奪していく者達の影――。それを「卑しく」と作者は切ったのか。

視つめられ二十世紀の腐りゆく

『一九九九年九月』
一九九九年刊

「戦友」より。この「二十世紀」は、もちろん掛詞。梨の品種の二十世紀と、人類の歴史における二十世紀である。おそらく作者は、果実の二十世紀を視つめながら、己れ自身が生きてきた二十世紀を振り返り、視つめなおしているのだろう。しかし、その二十世紀という果実が腐っていくように、二十世紀という時代も腐っていくしかない——。そんな二十世紀と共に生き、やがて滅んでいくしかない六林男。それを視つめている者も、六林男自身なのだ。具象（モノ）と抽象（コト）の絶妙な融合によって、平易に記されながら黙示的とも呼べる一句だ。

何をしていた蛇が卵を呑み込むとき

『一九九九年九月』
一九九九年刊

「濃い霧」より。いきなり「何をしていた」と始まる詰問のような上五により、ひときわインパクトの際立つ一句。初期の頃から六林男には、上五に印象的な詠嘆や問いかけを置くスタイルがあるが、この作品では見過ごすことへの鋭い告発となっている。しかし、それは他者へ向けられるだけでなく、自己へも向けた厳しさがある。「蛇が卵を呑み込む」という、どこかクリシェのような表現も、単なる季物としての蛇や卵ではなく、人間の歴史や社会のメタファーを呼び込む効果を担っていよう。終生にわたる作者の叛意を伝えるような一句である。

もの陰に怺えてことば達の秋

『一九九九年九月』
一九九九年刊

「濃い霧」より。本句集の掉尾に置かれた一句。「ことば」への想いを内蔵させた、いわばメタ俳句だ。「もの陰」とは、人目につかない薄暗いところ。誰も注意を向けることのない、ときに忘れ去られた場所なのかもしれない。だが六林男は、そんな「もの陰」に想いを寄せている。なぜならば「もの陰」こそ、詩を詩たらしめる、俳句を俳句たらしめる「ことば達」が怺えているはずだから——。しかし今日、「もの陰」に想いを寄せる人が、余りに少なくなってしまったのではないか。「秋」の一語に、そんな作者の嘆息さえも滲ませているようだ。

淡海また器をなせり鯉幟

未刊句集『五七四句』
二〇〇〇年〜二〇〇四年

六林男が死の半年ほど前に発表した群作「近江」三十二句（「俳句」二〇〇四年六月号）の冒頭。この一句の琵琶湖から始まり、自然や歴史、風俗に及びながら、作者の想像力は自在に時空間を往還する。他に〈寺寺の山門寺門夏柳〉、〈花ユッカ湖のマタイ伝第五章〉、〈唐崎や夜間飛行の灯の霞み〉など。近江という土地の歴史的記憶から、イエスの山上の垂訓で有名なガリラヤ湖へ、さらに現代の風俗を挿みながら、芭蕉への挨拶へ。この「近江」は、読者へと多層的に開かれたテキストであり、未踏の俳句への可能性を秘めた最晩年のひとつの到達点である。

ひと筋の傷のようなる初明り

未刊句集『五七四句』
二〇〇〇年～二〇〇四年

99

生前最後に発表された十句（「俳句α」二〇〇四／〇五年十二・一月号）の中の一句。なかには〈蜿蜒《えんえん》とカラオケ俳壇去年今年〉、〈憲法を変えるたくらみ歌留多でない〉など、作者らしい現今の俳壇や社会状況への辛辣な批評性を潜めた作品も含まれる。掲句の「ひと筋の傷」という措辞には、決して清算できない傷ましさが滲むものの、その一方、画布を切り裂き新たな美を呈示したルーチョ・フォンタナのような鮮烈さも感じさせる。しかしその新年の「初明り」を心中のみで見たまま、二〇〇五年を迎えることなく逝ってしまった。享年八十五歳。

人の日を振り向けばなし影《かげ》形《かたち》

未刊句集『五七四句』
二〇〇〇年～二〇〇四年

100

99句と同じく、生前最後の十句中の掉尾。まさに、最後の一句だ。「人の日」とは、古来中国から伝わってきた吉凶を占う日のひとつ。元日から順に鶏、狗、猪、羊、牛、馬、人、そして穀物となる。つまり一月七日は、その年の人間界の運勢を占う日。そんな人間にとって大事なはずの日に、ふと振り返ると自分の影も形も、何もかも消え去っていたという句意だ。死を予感するときに至って、それまでこだわり続けてきた全てが、無と化すということであろうか。最後に六林男が行き着いた場とすれば〈凄絶。まさに絶唱〉（宗田安正『最後の一句』）である。

〈戦後〉を問い続ける――鈴木六林男小論

二〇〇四年十二月十二日、鈴木六林男は亡くなった。享年八十五歳。自らの体験した戦争にこだわり、また自らの生きた〈戦後〉という時代を問い続けた新興俳句に出自をもつ巨人のひとりであった。

かつて彼は、第七句集『後座』（一九八一年）の後記に、次のような言葉を記している。

句集名の『後座』は、『大日本兵語辞典』を読んでいて眼にとまった。〈反動〉の項に出ている。…これを俳句に引きつけていえば、目標に向って作業を継続しようとしたとき、反動によって書き手も傷つく覚悟がなければ、前方が透いてこないことになる。

〈戦後俳句〉の展開を担ってきた俳人は、六林男の他にも少なくないが、その時代の変転とともに早々と〈戦後〉というテーマを手離していった。六林男だけが〈戦乱によって日常の自然感性を根こそぎ疑うこと〉（吉本隆明『戦後詩史論』）を強いられた〈戦後〉を視つめ、その〈反動〉によって傷を負いながらも、自己の内面へと深く架橋する表現を続けてきた。

＊

鈴木六林男に対して、〈戦後派〉の俳人という位置付けがある。その呼称は、どこか〈戦後〉になって表現活動を出発したというニュアンスを与えてしまうが、明らかに誤りだ。同じく〈戦後派〉と呼ばれる三橋敏雄、佐藤鬼房、金子兜太にしても、すでに戦中から句作をスタートさせ、その表現の核を手にしており、また鮎川信夫や吉岡実などの〈戦後派〉と呼ばれる詩人にしても同様である。

六林男をはじめ〈戦後派〉と呼ばれる彼らは、この国の敗戦（八月十五日）を境として、それまでの歴史観をはじめとする価値体系の崩壊を、青年期に経験した世代だ。この価値体系の断絶こそ、彼らを特徴づけるものであり、この断絶を、いかに受けとめ、また苦悶し、そして昇華させていったのか。そのことを見つめ直すことが、とりわけ六林男の俳句世界に内蔵された重層性を理解するために欠かせないものである。

六林男の第一句集『荒天』（一九四九年）には、「阿叶抄」と題された出征以前の作品が収められている。すでに本書でも、〈蛇を知らぬ…〉など三句を鑑賞しているが、その他にも次のような佳句がある。

門燈はカンナを照らすために点く　『荒天』
園枯れぬ強風に鳴る甕を置き
花　茨　飛　行　機　の　音　雲　の　中

一句目は、明らかに渡邊白泉〈街燈は夜霧にぬれるためにある〉を踏まえた習作であり、二句目の荒涼とした光景の大胆な把握、また三句目の蕪村を想わす季物とメカニカルなものとの対比など、当時のモダンな感覚を通じた叙情性が表出されている。いずれも、自らの俳句の出自を「新興俳句プロパー」と語る六林男らしい作だ。その表現的な出発における、このような叙情的と呼べる資質を見過ごしてしまうと、その後の戦場俳句の表現の基底を捉え損ってしまうのではないだろうか。

『荒天』に収められた「海のない地図」の章は、六林男の戦場俳句である。すでに〈長短の兵の…〉など六句鑑賞しているが、その他にも次のような佳句がある。

負傷者のしづかなる眼に夏の河　　『荒天』
追撃兵向日葵の影を越えたふれ
水あれば飲み敵あれば射ち戦死せり

これらの作について、〈俳句にかかわりをもって二年目の技術では巨大な組織からなる戦争は書けないが、戦闘は書けると思った。戦場の虚しさが少しでも書けておれば望外の収穫である。〉（『鈴木六林男』春陽堂俳句文庫）と後年、記している。戦争という観念ではなく、自らが身を置いた戦場の現実を見つめ、言語化し、超克する。それは戦場という極限的な状況を、自らの生活の場として引き受けることだ。それらの作の多くは、厳しい検閲から逃れるため、自分の〈頭の中にかくす〉（「自作ノート」）ことによって残された。

六林男の戦場俳句で、まず注目しておきたいのは、当時盛んに賞揚された〈聖戦俳句〉から見事に切れていることだ。極限的な戦場を自らの生活の場として捉えることで、〈死〉を再生産するしかない戦場の本質を、深く認識しえたためであろう。また、その表現的な水準において、これまでにない自立した言語空間を志向した新興俳句の影響を見逃すことはできない。さらに、それらの作品を発表する際に〈群作〉として構成する方法意識など、〈戦後〉における六林男の表現上の重要なモメントが、ここに、すでに出揃っているようである。

戦場俳句で俳句表現の水準を獲得した六林男ではあるが、敗戦後のさまざまな価値体系の流動を前にして、彼は表現的な深層において危機に見舞われているように見える。そのとき彼が出会ったのが、当時の社会的なテーマや素材を積極的に取り込もうとした〈社会性俳句〉と便宜上、名付けられた動向であった。

＊

その後、六林男は〈社会性俳句〉の代表的な作家のひとりと呼ばれていくが、現在から眺め返してみると、明らかにエコール（派）としての〈社会性俳句〉との異和の方が際立っている。その中心において、しばしば唱えられた社会主義リアリズムという主張にしても、六林男は同調していない。彼にとって俳句を含め文学的な表現行為は、何らかのイデオロギーや共通の方針に従って為すものではなく、あくまで個人のものであった。文学的なエコール（派）とは、つねに距離を置いた単独者の場にこそ、〈戦後俳句〉における六林男の位置はあった。

六林男における〈社会性俳句〉とは、かつて戦場という状況を生活の場として引き受け、超克しようとした表現意識と地続きであり、自らの内部にこそ組織されるべきものであった。そこで、彼が表現思想として手にしたひとつが、方法としての〈リアリズム〉であり、またひとつは〈群作〉という作品構成であった。六林男は、自らの〈リアリズム〉について、次のように記している。

　子規からはじまった写生を素朴な意味でのリアリズムとするなら、今日の俳句は外部に見えるものとして存在する現実に限らず主として内部に存在するものとしての意識や印象と外部との関係を綜合的に把握し、態度としては全人間的な生き方としてこれを作品に定着しようとする。言い方を換えると、可視的、体験的なリアリティのみを頼りとせず、むしろそれらを捨象して対象から一旦切り離したところから、作者の内部に構築された経験を表現しようとする。

（「俳句のリアリズム」『定住游学』所収）

「全人間的な生き方」などと書かれると、思わず怯んでしまうが、六林男の理想への述志として受け止めておこう。ただ、この文章を虚心に読んでいくと、正岡子規における写生のレベルを踏まえながら、わたしたちの今日の俳句表現における多様性を包括させうるような視点が、すでに予見的に語られているのではなかろうか。

敗戦後、さまざまな価値体系が流動していくなかで、それでもなお〈戦後〉という時代と相対し、俳句表現に昇華させるために六林男が手にした〈リアリズム〉――。そこからは、本文でも鑑賞したように、社会批評を潜めた硬質な作から審美性が際立つ作まで、実に多彩な表情の俳句表現が生まれている。

*

このような〈リアリズム〉を方法化させながら、六林男には、初期の戦場俳句「海のない地図」から最晩年に至るまで、〈群作〉という構成をとって発表している独自の流れがある。主な〈群作〉として、「吹田操車場」六十句、「大王岬」五十四句、「王国」七十六句、そして「十三字と季語によるレクイエム」三十八句、「熊野集」七十二句、さらに最晩年の「近江」三十二句である。

なかでも「吹田操車場」、「大王岬」、「王国」などの作品群は、冬の季節に各々の句が統一されており、〈群作〉の制作意図に従って都合の良いように季語は入れ換えられている。このように季語を自在に入れ換え、その作品群をより明確なイメージに導くための装置として季語を活用するのが、六林男が〈季語情況論〉と呼ぶ独自な方法論であった。ここでは、戦後の記念碑的な〈群作〉である「吹田操車場」から三句抄出しておく。

吹操銀座昼荒涼と重量過ぎ　　『第三突堤』
旗を灯に変える刻来る虎落笛
煙臭しこの機関士の永き冬

また、句集『悪靈』（一九八五年）に収められた「十三字と季語によるレクイエム」は、六林男における戦火想望俳句とも呼べる特異な〈群作〉である。作品全てに季語を想起させる旧陸軍戦時編成師団符号を詠み込み、全ての作品が十三字に統一されることによって、かつての戦場俳句とは異なる言語的な密度と視覚性が生まれている。つねに言葉にこだわり続けてきた作者の巧緻な〈群作〉だ。三句のみ、抄出しておきたい。

絶望の静夜それも泉も國の恩　　『惡靈』
いくとせを鯨と呼ばれ陸の奥
不發彈十字架とささり虹の脚

一方、「熊野集」は詞書にあるように、自らの遠祖の地を訪ねる〈群作〉である。熊野の地をめぐる原初の自然と歴史の古層が、作品相互で交錯しながら豊かな世界を見せている。どこか説話的なダイナミズムも感じさせる〈群作〉であるが、ここでは三句のみ抄出しておく。

海山の悪党の旗旱雲　　『惡靈』
炎天の八咫《やた》の烏の裔《すえ》なるか
帚木に山国もやや正午過ぐ

これまでの〈群作〉では、その一句一句が呼応しあい、止揚されることによって〈全体〉としての世界を産出している。だが、最晩年「近江」（98句参照）に至っては、一句一句における協約は流動化し、〈全体〉としての世界は留保されたまま固定した物語となることはない。

笹舟のこれが龍骨湖開き　「近江」
近江兄弟商會の蔵のあたりの鬼薊
夏は来ぬ戦傷《きず》の痛みの堅田にて

言わば、「近江」という〈群作〉は、読者のレベルによって複数の読みが成り立つテキストとして開かれている。これまでの〈群作〉が静的な〈星座〉であるのに対し、この「近江」は読者によって変動し続ける〈星雲〉と言ってもよいだろう。ここに至って、六林男の〈群作〉の試みは、まさに未踏の俳句への可能性を開くものであったが、彼の死によって中断されてしまった。

極限的な戦場を生き抜き、俳句表現によって〈戦後〉を問い続け、円熟や完成を拒み続けた鈴木六林男――。その軌跡は、今日もなお不穏な可能性を秘めたまま、未知の読者の前に開かれている。

*俳句の引用にあたっては、一部を旧漢字表記のまま記載した。

主要参考文献

『鈴木六林男全句集』（二〇〇八年　鈴木六林男全句集刊行委員会）
『鑑賞現代俳句全集』第十一巻（一九八一年　立風書房）
鈴木六林男『定住游学』（一九八二年　永田書房）
坪内稔典『俳句　口誦と片言』（一九九〇年　五柳書院）
久保純夫『評論集　スワンの不安』（一九九〇年　弘栄堂書店）
宇多喜代子『つばくろの日々　現代俳句の現場』（一九九四年　深夜叢書社）
川名大『現代俳句　上巻』（二〇〇一年　ちくま学芸文庫）
宗田安正『昭和の名句集を読む』（二〇〇四年　本阿弥書店）
高橋修宏『真昼の花火　現代俳句論集』（二〇一一年　草子舎）
俳誌「花曜」、「俳句研究」、「俳句」、「現代俳句」などの鈴木六林男特集

初句索引

季語索引

著者略歴

高橋修宏（たかはし・のぶひろ）

1955年　東京都生まれ。現在、富山市在住。
1997年　鈴木六林男に師事。「花曜」に入会。
2000年　第7回西東三鬼賞受賞。
2001年　第2回現代俳句協会年度作品賞受賞。
2002年　第31回花曜賞受賞。
　　　　第22回現代俳句評論賞受賞。
2003年　第32回花曜賞受賞。
2004年　第17回北日本新聞芸術選奨受賞。
2005年　第23回現代俳句新人賞受賞。
2006年　「光芒」創刊に参加（2008年終刊まで編集人）。
2010年　俳誌「五七五」創刊。
2021年　令和三年度富山県功労表彰（文化）。

句集『夷狄』（2005年）、『蜜楼』（2008年）、『虚器』（2013年）。

評論集『真昼の花火　現代俳句論集』（2011年）、『暗闇の眼玉　六林男を巡る』（近刊）。

詩集『水の中の羊』（2004年、北陸現代詩人奨励賞）など5冊。

共著『新現代俳句最前線』（2014年）ほか。


現在、俳誌「五七五」編集発行人、「豈」同人。

現代俳句評論賞、高志の国詩歌賞、口語詩句賞選考委員。

現代俳句協会会員、日本現代詩人会会員。

現住所　〒939-8141　富山市月岡東緑町3-52

発　行　二〇二三年一〇月一〇日　初版発行
著　者　高橋修宏© Nobuhiro Takahashi
発行人　山岡喜美子
発行所　ふらんす堂
〒182-0002　東京都調布市仙川町一―一五―三八―2F
TEL（〇三）三三二六―九〇六一　FAX（〇三）三三二六―六九一九
URL http://furansudo.com/　E-mail info@furansudo.com

鈴木六林男の百句

振　替　〇〇一七〇―一―一八四一七三
装　丁　和　兎
印刷所　創栄図書印刷株式会社
製本所　創栄図書印刷株式会社
定　価＝本体一五〇〇円＋税
ISBN978-4-7814-1601-4　C0095　¥1500E
乱丁・落丁本はお取替えいたします。